최전엽 시집

자작나무 숲

지구문학

국립중앙도서관 출판시도서목록(CIP)

자작나무 숲 : 최전엽 시집 / 지은이: 최전엽. — 서울 : 지구문
학, 2014
  p. ; cm

ISBN 978-89-89240-57-0 03810 : ₩8000

한국 현대시[韓國現代詩]

811.7-KDC5
895.715-DDC21   CIP2014030110

자서

　그동안 벼리고 빚고 다듬었지만 늦게 심은 가실은 늘 어설프기 마련 목에 걸리지 않을 만큼만 넘어갈 수 있다면 더할 나위 없겠다 싶은 간절한 바람으로 셋째 시집을 묶었습니다.

　격려와 분에 넘는 시평을 해 주신 이수화 선생님, 시집 발간에 애써 주신 김시원 선생님께 감사드립니다.

　그리고 새얼문학으로 함께한 선생님, 문우들 감사합니다.

2014년 가을

최 전 엽

차례

1부_ 징검다리

2부_ 외로워서 울었다

차례

3부 _ 향기 나는 집

4부_ 봄을 기다리며

1부

징검다리

징검다리

옥천리玉川里와 저전리楮田里 가르는 냇물
징검다리가 지름길이다

팔촌도 한 문안에 태인다는데
가까운 당숙네 사는 저 건너에

심부름이 마냥 즐거웠던 건
기우뚱 곡예처럼 뛰어넘는 재미려니와

무언가 애틋하고 그리워지는 나이
맨 끝 징검돌에 주춤할 때

냉큼 잡아주는 정다운 누군가를
기다리는 아련한 꿈이 있었기 때문

잠 못 드는 밤

눈을 감고 잠을 청하나
낮에 먹은 외래 차茶가 길을 막네

수면제라는 성경을 폈지만
줄마다 겹치어 하신 말씀 하고 또 하시네

백 마리 양을 다 세도록
온다는 기별은 없고

밤눈 더듬는 야행족夜行族들이 간간이
쿵 하며 한 술 더 뜨면

시렁에 엎어놓은 밥그릇
딸가닥 자세 고르는 중

낮은 없어도 입은 살아
책갈피 좀 갉아먹는 머리맡

요철凹凸로 맞물린 띠살문 살대가
옛 다듬잇소리처럼 흔들릴 때

아, 땅이 움직인다
갈릴레이여

어디에나 뿌리내리는 봄
주럽 몸살 뒤척이며 날밤 샌다

인사

오늘 아침 그 사람 안 보이네
119로 실려 갔다 하네
밤새 안녕하셨습니까
승강기 안 하루 시작 이렇게 드렸는데

풀 한 포기 꽃 한 송이
허투루 피지 않듯
길가 돌 틈에 한 모금 이슬이
생명샘 되어 주듯

저녁 드셨습니까
한 날 마감도 이렇게 드릴 때
닥닥 긁어서라도
따순 가슴 나누고 싶었는데

이즘 세상 애옥살이 오죽했으면
더러는 빈정댈지 모르겠지만

넘치는 세상이라도 먹고 사는 것
허투루 하는 인사 아니었는데

못에 찔린 발

헌 판자 조각을 화목에 쓰려고
발로 꺾다 못에 찔렸다

고무신을 뚫고
발바닥에 깊이 박힌 못
놀란 어머니가
장도리 들고 와 못을 빼고
그 자리 자근자근 두들겨준다
근거 있는 요법인지 모르겠으나

덤비는 독毒 맞서는 방어체
선과 악의 치열한 싸움 벌이는 동안
자글거리는 고열 몸살로 밤을 긍매다

벽에 걸린
십자 형틀에 대못 박힌 아득한 그 분을 보며
가는 걸음마다 죄 많은 세상 발

이 천 년을 견뎌온 그 님 앞에

녹슨 못 하나 찔린 아픔

어찌 비하랴

요전 그 까치

청소 분리수거 요란한 집게차 소리
안개 눈꺼풀을 뒤흔드는 새벽
꿈쩍도 않고 둥지 지키는
십자가 철탑 위 까치집
나뭇가지 주어 나르던
요전 그 까치

설도 같이 쇠고 즐겨 입던 까칫동
시름 속에 반겨오는 기다림도
서리밑 까치밥 인심도
상실과 변질의 아쉬운 날
숲 잃고 지붕도 없이
고민하고 성찰한 신자信者처럼
십자가
최선의 선택이었나

청량산

정상에 너럭바위
내리쬐는 햇볕 온돌처럼 더운 암기巖氣
깊은 숨 내쉬니 안개 가슴 탁 트인다
낭창거리는 인천대교
눈앞에 열리는 아늑한 시가지

가파른 굽이마다 짙푸른 소나무
멧새는 씨 뿌리고
잡목은 거름하고
다람쥐 청설모 가실 거두는
품앗이 갈마들며 원시 그대로
이으며 살아가는 진지함이여

산꼭대기에 서서
할 일 없이 빈둥대는 나를 밀어내니
비로소 그늘처럼 드리운 겸허謙虛

그냥 나무라면

공원 잔디 봉곳한 곳
고고청청 풍채 좋은 소나무
보굿허리 살포시 껴안아 본다

그냥 나무라면
이렇듯 따스한 체온이 와 닿을까
내 산수傘壽보다 훨씬 넘었음직
쌓은 연륜만큼 큰 그늘
그냥 나무라면 그 발아래 내가
이렇듯 작은 팥중이로나 보일까

샌트럴공원 준공
기념식수
2009. 8. 4
게일인터내셔널 회장 스텐게일

얼마나 아름다웠으면

먼 데서 온 사람도 돌에 새겨놓고
우리 국목國木에 뜻을 심었겠는가

야음전 씨

이름은 부모님이 주신 메시지
획수 많은 한자라야 면이 서는가
길가 풀꽃도 한 번 이름이면
어디서나 어연번듯 나설 얼굴

출생신고 첩첩산중 먼 길 걸어
울애기 청풍김씨 얌전이유
호적계 면서기 잠시 떠오른 한자음
김金 야음전野音全이라 올려주었다

이래저래 해는 바래 그 이름도 잊힐 즈음
지은 죄 회개하고 믿으면 천국 갈까
거푸집 넝마인데 영접해 주실까
교회 신도로 등록한 야음전 씨

들풀 들꽃 들에 나는 새소리 벌레소리
그 이름 야음전野音全, 마뜩찮아 하지 마요

야인초野人草 시인도 있듯이

아름다운 목가牧歌 들려와요

내 생애 최고의 날

떠돌던 작은 점 하나
삶의 일원―員 되어
어머니 젖내를 처음 맡은 날
마당가에 분꽃 피고
오종종 장항아리 숨쉬는
삼간초가 삿자리
님의 기업에 뽑힌 자여라
일어서면 이마에 맞닿는 처마 밑
담장 밖을 넘어간 첫울음
낮고 그윽한 삶속에
옹달샘 솟는 소리
어머니 터앝에 작은 별 하나
기르시는 뜻 알아가는
내 모습 그대로 당당한
내 생애 최고의 날

외딴 집

지붕 위로 차가 지나간다
조개골 오동배기길
두 갈래 고가차도 교차점 밑
플래카드 내걸고 거세게 맞섰던 곳
조개탕 홍어회 한 때 풍미했던
낡은 간판들 뿔뿔이 흩어져 떠나갔다

철거지역 선에서 간신히 벗어나
고가 그늘 밑에 달랑 남겨진 허탈
천둥 메치는 차 소리도
어언 낯이 익었다

누구를 기다리는지
봉창에 깜박깜박 도깨비불 켜놓고
시린 뼈마디 추스르는 외딴 집

머리 위로 연신 차가 지나간다

내 잘못

마을버스에 사람들이 우르르 탄다
마지막 올라서니 자리가 없다
맨 뒤 5인석에 앉은 젊은 엄마들
조금만 좁혀주면
한 줌 내 엉덩이쯤 낄 수 있으리라 다가갔지만
차갑게 외면한다
돌아서는 순간 횡단보도 앞에서 급정차한 버스
나는 중심重心 없는 종잇장처럼 날려
카드 개찰대에 부딪쳐 넘어졌다

기사! 무슨 운전을 이따위로…
소리치고 일어나니 사람은 없고
온통 냉혈족만 넘쳤다
자리 애착에 손 잡아주는 이 없어 아팠고
급정발차하는 기사 나무라는 사람 없어 삭막했다

숲은 산새자리 바위 밑은 가재자리

빼앗아도 안 되고 양보하는 것도 아니니
바라는 생각 잘못이다
잘못도 갈등도 바라는 데서 비롯되지 않던가
살기 다툼에 지친 사람들
밤샘 공부하랴 등만 대면 조는 젊은이
살림살이 자녀문제 버거운 엄마들
모처럼 앉은 자리 끼워 보잔 내가 잘못이다

남의 잘못 캐어 보면 내 잘못
내 잘못 캐어 보면 역시 내 잘못
버스 안에서 굴러 넘어진 것 다 내 잘못이다

한 달

이울어진 달이 차오르는 한 달
여체의 완성 달거리도 한 달
산고의 아픔 평상심 찾은 것 한 달

애써 가꾼 열매
기다리는 한 달은 길었지만
방세 한 달은 그리도 짧더니

장 담근 한 달이 섬으로 뜨는 날
나이테 건너온 만곡灣曲의 허리와
머리 위 서리가 맛을 낸다

갈대처럼 가벼워진 삶이
언젠가 계단에서 굴렀을 때도
지주대로 일으켜준 한 달

고마운 그 한 달은 누구신지

클레믈린성 타즈마할궁*

송도 해안가
바다와 섬이
뭍으로 올라온 기적의 땅에
벌창한 중세풍 모텔들
클레믈린성 타즈마할궁

사이비 여신女神이 옥탑에 서서
햇불 높이 들고 인권 외친다
황당한 짝퉁들의 자유도 자유이리니
오라 여기 ING**

미세기 눈치 보며
짜잔한 생을 줍던 조개잡이 숨결
철옹성 밖으로 멀리 밀려난 해안선에
외가리 노을 타고 흔적 긋고 간다

        *모텔모양
        **모텔상호

33

아암도 방파제에 서서

하늘가 수평선
한 번 돌팔매질로
수심 깊이 동여맨 기억 하나
날려 버릴 수 있을까

급하면 흘린다
푸닥거리 제물 바쳐 파리처럼 빌었건만
난산 핏덩이 끝내 신열 잡지 못해 잃고 말았다
신심信心 없어 감응感應 없다 애먼 말 남기고
제물 싸안고 줄행랑 친 촌무村巫

비늘처럼 붙은 아픔
퉁퉁 부은 괴물처럼
뒹굴며 매대기치며 울던 밤이
버력돌 부딪쳐 멍든 개울물
흘러 흘러 아암도 방파제까지
물거품 물고 잠시 멈칫한다
용서해야 할 것이 남아있는가

솔개

어리 밖 세상 갓 나온 병아리
개나리냐 민들레냐 배추꽃 나비냐

하늘에 동그라미 궤적 그리며
마당을 노리던 솔개 한 놈
번개 치듯 병아리 한 녀석을 채 갔다

저런 저런! 육시랄 것
온 나라 어미들과 그 어미라고 다르랴
집 안팎을 뒤흔드는 절규
눈물겹다

잔약한 평화 짓밟는
볼썽사나운 발톱
처처에서 보노니

2부

외로워서 울었다

흙밥

딸아이 낳고 사흘만에 호미 들고
장마 전에 아니 메면 콩밭이 풀밭 된다
애면글면 이슬 적시며 오리걸음

땀범벅 밤탱이 눈
한 곁 지나 돌아와 눈물 젖 먹이고
핑계로 한숨 눕기도 했지

밭고랑 흙김을 쑥찜처럼 쐬고
흙내를 샘처럼 마시니
무너진 아랫몸이 저절로 아물어

흙에서 난 것은 모두 밥이 되고
더불어 삶에
백초百草의 약을 얻었더니라

외로워서 울었다

후퇴하는 일군日軍에게 교실 빼앗긴 2차 대전 막바지
근로봉사 날마다 고철 줍기 관솔 따기 마초 베기
뼈도 아직 덜 여문 여나무살 어린 손에
낫과 호미가 책 대신 들렸다

닥나무골 야산에 마초 베던 날
서투른 낫질에 손가락 베이어
엄마 엄마 피 흘리며 달려간 집은
어머니는 안 계시고 방문은 잠겨 있다

마루 끝에 앉아 기다리는 어머니 발소리
날개를 떨며 어미 따라다니는 어린 참새 바라보며
상처보다 더 아픈
외로워서 울었다

너무 멀리 와 버린 나의 초상
손가락 볼 때마다 아픈 가슴

어린 참새 날아간 자리
잎새 떨구는 나무처럼 울었다

성묘길

내를 건너
철로 건널목을 지나 언덕을 오르면
키 작은 조선소나무가 에워싼 산 끝자락
할아버지 낮은 기침소리 들린다

철둑 자갈밭
눈길 그리운 수줍은 메꽃
벌초라도 거들겠다는 듯
낫을 든 사마귀가 고개 숙여 인사한다

할아버지 명당에 또 한 해를 누이고
달리는 기차소리 천둥처럼 흔들려
수없이 쓰러졌던 메꽃이
오래 서서 가을을 배웅한다

지킴이 없는 건널목
유명幽明이 갈리는 길목에서

낫을 든 사마귀가 무서워

하얀 눈썹 달

쫓기듯 내를 건너갔다

어머니 노래

첫 닭 울 때부터 달맞이꽃 필 때까지
벌레소리 밤새우며
화롯불 인두판에 삯바느질
속울음 재우며 외던 어머니

넓고 넓은 바닷가에 오막살이 집 한 채~

우리 어머니
글 배운 적 없는데
더구나 서른다섯 홀어미 되어
외국 민요라니

나라 잃은 설움 달래던 시절
가슴마다 저미는 아픔 흘러와
눈물로 바늘 땀 뜰 때마다
붉은 눈 적시던 어머니 애창가요

성장통 끙끙 뒤척이던 가을밤
가냘픈 오라기처럼 떨리는 등잔불
훗 끄고 꼬옥 껴안아주시며

내 사랑아 내 사랑아 나의 사랑 클레멘타인~

돌아가시다

꿈길 거친 들
헤치고 걸어가는 애잔한 뒷모습

소리는 목안으로 넘어가고
가슴이 앞서 달려갔으나

산마루에 멈칫하다
얼굴 숨기는 석양처럼

한세상 찰나
머물다 가는 뜻

뒷모습으로
내 눈 열어주셨지만

그리운 얼굴 끝내
세월의 주름뿐이란 걸

어머니는 홀연히 돌아서 가시다

본디 있던 곳으로 돌아가시다

국민 아버지 · 1

온 식구 둘러앉아 밥을 먹는다

요즘 따라 어머니는 간을 못 맞춘다

묵묵히 드시는 아버지

"아버지는 싱겁지도 않으세요?"

"음 그래서 짠 것하고 섞어 먹고 있단다"

국민 아버지 · 2

시오리 오일장
해 그림자 기울면 파장마당 오솔하다
장에 간 아버지 돌아오시며
낯선 꾸러미 하나
선반 위에 올려 놓는다

닷새를 기다려 다음 장날
단단히 묶은 땟국 꾸러미
가만히 안고 가시더니
느지막이 도로 갖고 오신다

가끔 힐끗 확인하듯 올려보곤
그 다음 장날 또 갖고 나가신다
선근 눈 손돌이 바람
눈깨비 털며 일찌감치 돌아오신 아버지

"술김에 잃었다는 송아지 판 돈
오늘에야 겨우 주인 찾아주고 왔다"

요양원 가는 길

가랑잎이

작은 회오리를 감으며 어디론가 흩어져 갑니다

햇빛 고픈 음울한 아파트 뒷길

발자국 헤이며 갑니다

삭풍 맞아 뼈를 깎는 앙상한 가지에

잎 대신 별 하나

지난 추억 목매 간당간당 붙들고 있습니다

가을에서 겨울을 넘어

길 건너 비춰오는 반사광도 늘 아쉬워

온몸 비틀어 새봄을 기다립니다

고층 아파트 뒷길 끝

낡은 여장旅裝들의 종착역

쓰러진 육신들이 일그러져 뒹구는

삶의 이면裏面을 엿보게 합니다

나는

그이를 위해 못 다한 것 너무 많습니다

마지막 주어진 내 몫인 줄 알면서도

철들자 끝나는

눈 깜박 인생

마음

보훈처에서 매달 보내주는
국가유공자 연금 찾으러 우체국에 갑니다

해양경찰청 앞을 지날 때
젊은 직원인 듯 내 앞을 걸어갑니다

가로수 녹음을 밟으며
구김 하나 없는 하늘색 윗옷 검은 바지

훤칠한 키
선비의 휘필揮筆처럼 반듯한 걸음걸이

뒤태를 따라가다
언뜻 나를 내려놓고 타임머신 탑니다

젊음이 반짝이는 저 모습
지금 내 곁에 아파 누운 사람의 것이었습니다

발치 좋은 집

성처럼 축대 올린 집
찔레 넝쿨 둘러친 울타리
볕이 좋아 너른 빨래 잘 마르는
발치에 버들가지 그림자 흔드는 집

참새도 한 식구
찔레 향기 버무린 아침 두리반
해 오름 달 오름에 키 크는 순둥이
상인방 편액扁額 뒤 올려둔 종아리채
고추 모(苗) 섶으로나 세워 줄까

잦은 단수斷水, 저질 구공탄
물지게 먼 곳 샘물 퍼 사랑 밥 짓고
칼로 뜯어도 부스러지는 재(灰)
온 세상 다 맡기고 자는 아이 얼굴
감사하다 참 감사하다 손 모으는
처음 우리 문패 탕 탕 박은

창영동 41번지

강아지

종이학 백을 접어 유리병에 담아
할미 생일
무릎 앞에 놓는다

오래오래 건강하게
학처럼 우아하게
우리 곁에 있어만 주세요

오, 예쁜지고 내 강아지
갓난 떡애기 내 치마폭에
죽순처럼 탐지게 자라주더니

오, 귀여운지고 내 강아지
내리사랑 강가에
넘실대는 치사랑 보네

제비

어머니는 새벽장에 나가시고
오빠는 징병으로 사이판섬*에 갔다
외로움 타고 앉은 쪽마루
물고 온 소식 없나
비죽배죽 바라보는 해맑은 눈

제들도 가문이 있고 관향이 있겠지
가족이 있고 형제도 많겠지
만석꾼 참사 댁 제비, 너도 부자니?
소작 논틀 착한 아제네 제비도 돌아왔겠지

향교문은 닫힌 지 오래
빨랫줄이 간이학교 교실인가
지지위지지 부지위부지 시지야**
논어를 왼다

*남양군도南洋群島. 2차 전쟁시 美 · 日 격전지
**지지위지지知之謂知之 부지위부지不知謂不知 시지
야是知也

무시루떡

가을걷이 끝내고 새 이엉 얹고
메주 쑤어 엮은 다음 떡 해 먹을 일

예닐곱 구멍 뚫린 오지 시루에
가는 새끼 떠서 만든 시루 밑 깔고
가난만을 찧어온 통나무 절구
모처럼 빻은 한 소래기 흰 가루
인삼보다 더 좋은 가을 무채와
켜켜이 팥고물 설설 뿌려
가마솥 넉넉히 물 부어 얹어놓고
쌀무거리 반죽 시룻번 눌러 붙여
김 새지 않도록 소댕 덮는다

부뚜막 조왕신에 정화수 한 종발
불 앞을 지키는 장고長考의 어머니

오랜 동안 축적된 손대중 눈대중 빚어낸 맛

무르익은 떡시루 칼로 금 그어

편을 떼어 담아 주신

촉촉하고 구수한 모성母性이 모락모락

벽 쌓지 않고 남 잘 된 것 기뻐하는

앞집 뒷집 고샅 끝집 반기 돌린다

어머니 세상 계신 날보다

더 많은 나이테 두르고도

내 시루는 늘 설익어

그래서 나를 여직 두는 걸까

아픈 사람들

환자가 이동침대에 실려갑니다
허울 오기 다 벗어 버린 맨몸에
칼을 대야 사는 역설의 문으로 들어갑니다

대기실에는 가슴이 베인 사람들
땅의 것만 보다가
문득 하늘 얼굴 찾습니다

창밖에 붕대 감은 배롱나무
아픔과 함께 가는 가을비
눈만 흘겨도 사그랑이 허섭

밤새 앓던 아이 아침에 철들 듯
천야만야 벼랑에서 풀뿌리 잡고
두 번 산다고, 덤으로 산다고 수다를 피네요

분란 盆蘭

햇빛이 비껴가는 응달
은은한 한옥 방에 분단장 규수의
피어오르는 그윽한 향기

반눈 뜨고 보노라니
고아라 高雅羅 청자 치마
곡선미 가는 허리

꿈에라도 만나고 싶은
님의 그림자 같은
멀리 아삼아삼하다

3부

향기 나는 집

향기 나는 집*

탁상엔 늘 들꽃이
잔잔히 깔아놓은 경음악
가슴이 젖고 싶은 향기 나는 집

쪽문 열면 먼저 들어가는 햇살
허브 향 국화 향
한 단 계단에서 기웃거리는 집

찻잔 비우고
누군가 만나 사랑하고 싶은
느낌으로 기다리면 꼭 오는 집

새처럼 두셋 모여 세상 이야기
고즈넉이 메모판에 남기고
문 열면 먼저 나가는 바람

창밖으로 언뜻 스친
마음 두고 아껴둔 찻집 하나 있다   *찻집 이름

이런 사랑

퍼내고 찍어내도
솟아나는 샘물

가뭄에 물 댄
다랑이 논배미

심실心室 두들기는
쿵 쿵 북소리

소나기 걷힌
무지개 이슬

열병치레에
무르익는 오얏

구름 닿은 뚝
도도히 흐르는 강

아득한 나의 꽃핀 시절

왼쪽 귀가 가렵다

어디선가 누군가
나를 향해 거짓말을 하는가
흉보고 욕하는가

어느 날 바람처럼 마주쳤을 때
우연의 일치라 성내지 않으리라
내가 거기 의미를 두지 않으리

예전에 두 개의 귀를 주신 것은
좋은 말은 두 귀에 담고
궂은 말은 한 귀로 흘리라는 뜻이니

때로는 농담일지라도 진담으로 듣고
왜 그 말을 듣게 하셨는지
풀잎에 살을 베이고
왜 내면의 아득한 소리를 듣게 하시는지

곰곰이 새겨 보리라

센트럴파크*에서

담장 너머 님 기다리는 능소화
나도 한 때 아리따운 빈嬪이었다오
발목 잡는 공원 드나들이 길

뜸들인 밥내라도 맡은 것인지
풀섶에 털썩 내린 버마제비
물구나무 선 채로 최면술 걸어
나 죽었소, 의뭉 떨고 있다

다 알고 있으이
스스로 지키려는 한 세상 자기 몫
제 살 궁리 당연하다

비 오면 젖고 바람 불면 맞서
눈치 몸치 공글리며 살아가는
같은 별 안에
그와 나 멀리 있지 않다   *송도 중앙공원

아무것도 아닌 것을

별* 사모님 된 친구에게 축하 전화했다
수십 년만이다

교실 옆줄에서 공부했던 예쁜 눈
그녀 얼굴 스케치도 해 주고
무량사 뒷골목 네 번째 우리 집
대나무 평상에서 참새처럼 곧잘 놀다 갔었지
별별 소리 다 해 보아도
흐리마리 기억의 회로는 끝내 열리지 않는 듯

허방에 와르르 무너지는 소리
그에게 나는 없는 사람 아무것도 아닌 것
세상에 아무것도 아닌 것을
나만 담고 살은 건가
길섶의 머쓱한 풀꽃처럼
발등 찧고 싶다

*장성將星

별것도 아닌 것을

차분한 전화 한 통
옛 친구 박연朴蓮
수십 년만이다

뚱뚱녀답지 않게
사뿐사뿐 걸음걸이
손끝도 섬세하고 조신한 말씨

지나는 길 목말라 들어온 그녀
정갈한 냉수 한 컵 떠주던
내가 생각난다며
참 별것도 아닌 것을

달이 기울면 지난 사람들
별것도 아닌 일로 그리워한다
작은 마음 크게 울릴 때 있지
고맙고 따스한 햇살처럼

손 흔든 사람들

기적 울리며 죽두봉*을 돌아서
서울행 완행열차 지나간다

줄모 따라 모내는 사람들
일손 멈추고 손 흔든다
떠나는 사람 모른다 하지 않고
누구라도 띠앗이며 벗이라

또 다른 삶을 위해
키워준 땅에 부끄럽지 않은
사람 되어 오라고

멀리 용당산** 뒤로 사라질 때까지
고향땅 바닥나기 이랑져 흔드는
승리의 손

*시누대 조릿대 무성한 공원
**순천 용당리 산

새조개 추억

기말고사 앞둔 날
명옥이와 시험공부한다
새조개국을 끓여놓고
어머니, 먹고 하라 하신다
청사등이 명옥
후다닥 일어나 가려고 한다
뻔하다
제집에 가봤자 심술 많은 외사촌 언니밖에
그래 같이 먹고 계속하자
손 붙들었다

세월 흘러
명옥이 다시 만났다
새처럼 생긴 조개국
달게 먹던 그 맛 못 잊는다며
밥집도 아닌 어머니
오다가다 들른 사람 수저 하나 더 놨다며

가을엔 꼭 성묘 같이 가자 벼르던 그해 봄

고향에서 먼 곳으로 이장했다

생전에도 그랬듯이 기다리지 않으셨다

사랑하는 꽃

― 성자聖者

뻐꾸기 우는 뒷산
나뭇짐 속에 꺾어 온 진달래꽃 한 아름
지게 버티어 놓고 내게 안겨 준 사람
그 집엔 내 또래 딸들 하도 사나와
그의 눈에 비친 나는 유순한 천사였을 것

조카란 말뿐 사실은 그 집 머슴살이
두엄 져 나르고 쇠죽 쑤고 새우잠
숙명이란 골방에 자신을 가두고
평생 귀 한 번 열지 않는 사람
천대받고 누명쓰고 터지지 않는 말문
상수리나무 밑에 가슴 열어 보이리라
목을 매 몽달귀로 답을 쓴 사람

이슬처럼 맺힌 사연들
뒷산 해가 쉬이 지는 옛집
진달래와 뻐꾸기 해마다 같이 와
아랑처럼 내 마음 아리게 한다

그 애나 나나

공부는 못하면서 공기놀이로 낯을 내는 그 애
돌 다섯 개가 그의 보배
오십동 백동내기 야멸차게 잘 주어
단번에 끝내 버린 그 애
손 한 번 못 대 보고 져 버린 나

분하고 아쉬워 한 번 더하자
그때
옥아— 부르는 소리
총총 집으로 가 버린다
꾸중 듣는 소리가 사립 밖에 들린다
땅거미 앉고
박쥐 나는 저녁 답

이러구러
지금에 와서 보니
공부 잘한 애나 공기 잘 줍는 애나
한 삶 별반 다르지 않네

일기쓰기

나는 오늘, 무엇 무엇을 했다
로 맺는 내 일기 공식
풀잎처럼 초저녁 잠 많아
하루하루 미루다 끝내 생각나지 않던
방학 때 일기쓰기 숙제

에라,
일주일 것을 미리 써놓자
그대로 실천만 하면 만판 편하겠다
내일은 낙안 양반 이모가 오신다 했고
모레는 어머니 장에 안 가는 날
쓰디쓴 익모초 짓찧어 생즙 마셔라 할 것이다
여자에게 약된다고
달거리도 아직 안 하는 내가 여자이긴 한가

글피는, 그글피는?
빨래 짜듯 쥐어짜도 안 나오는 잔머리
솔봉이 내 모습 멀리서 보인다

자작나무 숲

자작나무 숲길에 해골이 앉아있네
나무의자에 다리를 꼬고 희죽 웃네
어딘가 본 듯한 구석

남말 마셔
자네도 해골이야
지르보는 눈살 꽂히네

맞네
자작나무 숲길에서
문제 하나 풀었네

백야白夜처럼 오솔한 저녁
붕대 감은 자작나무
목발 짚고 걸어오네

산정에 올라

가파른 오르막 산정에 오르니
휜히 트인 먼 바다 가슴에 안겨 와
어느덧 내 호흡 산허리 감는다

때때로 바람에 검불덤불 헤매고
스스럽고 서먹해 어울리지 못했을 때
등솔기 다독여준 가을 햇살 그리워라

어렵게 자란 나무 더 붉고
패랭이꽃이며 산국
본토 떠나지 않고 곱게 피었네

오르고 올라 산정에 이르러도
정점은 곧 내리막의 시발점
오지랖에 주워 모은
볼품없는 도토리 몇 알

허튼 꿈 부질없는 생각

내려놓고 맡겼으니

나의 가실家室 이대로 모자람 없네

개망초

밭을 망친다고 개망초라지
감질 나는 비 목마름 타지 않고
들녘 주인 되어 군락을 이루니
안개 핀 듯 구름 핀 듯 잔잔한 물결 일듯

하얀 꽃무리 풀숲 짓고
작은 새들 풀벌레 알 놓아 새끼 치는
주신 대로 생긴 대로 아우르는 야생
무릎 꿇어 배울 곳이 서숙書塾만이 아니네

고향 집 길모퉁이 팔 벌려 반겨주고
떠나 올 때 오래 서서 그렁그렁 배웅하던
개망초 무성한 들녘에서
약속처럼 붙박혀 땀 흘리는
순한 우리 아재 아지매

보고 싶다

연민

아내의 죽음 앞에서
어차피 한날한시 갈 것도 아니라며 애써 슬퍼하지 않네

혈육 하나 없는 고바우, 억새 성깔 이웃도 없어
재벌도 명사도 아니면서 대책 없이 오일장은 무슨

주검을 까닭 없이 며칠씩 눕혀 놓는 것 마지막 예의가 아니며
장례비 깎는 실랑이 짓도 존엄 앞에 불경이라

물도 피도 안 섞인 먼먼 조카, 부글부글 끓다 달려간
심야 365일자동화코너 신용카드가 삼일장 치러줬다

삽도 안 들어가는 동토에 흑흑 뜨거운 눈물
어깨 하나 잃은 비익조

4부

봄을 기다리며

봄을 기다리며

입술 트는 꽃샘바람
오는 봄 가는 겨울 갈림길에서
여밀수록 살품을 파고듭니다

저 많은 철새들의 군무群舞
날개 하나 다치지 않고 간격 지켜
노을 길 쓸고 가는 새떼를 보며

골짜기 흐르는 돌물소리
마당굿 멍석 깔아 놓지 않아도
닐리리 앞세워 마중가지 않아도

몇 번은 글썽이며 적시며
산과 들 에돌아 나오는 풋 각시처럼
한 줌 햇살 이고 봄은 오시겠지요

편지

소소리바람에 더디다 싶더니
때를 알고 벚꽃이 활짝 피었네

보릿고개 힘겨웠던 허리 굽은 이여
올봄도 안녕하신지

우당탕 바위를 치며
흐르던 옥천玉川 냇가에서

묵은 빨래 바락바락 치대며
지난했던 시절을 흘러보냈지

늘상 새 것에 혹하기도 했지만
헝겊 한 조각으로 마음을 닦아본다

이제 무엇인들 바라랴
남은 날을 아껴서 감사에 쓰자

어느 날 벚꽃처럼

산뜻하게 지는 길이면 더욱 좋으리

어치

희끗희끗 잔설이
따스한 볕을 쬐일 때
어치 한 쌍 감나무 가지에
비단실 한 가닥 뽑는다

지난 가을 까치밥
눈칫밥도 아닌데
번갈아 망보며 쪼아 먹다 남긴 반半
다시 올 길 터놓았던 것인가

어느 철부지가 너를 겨냥했다면
새가슴 뛰는 아픔 못 잊었겠지만
내민 손길처럼 알리는 봄의 소리
볼 낯 없네

왜 왔을까

어치가 감나무에
봄 한 입 물고 또 왔다
왜 혼자 왔을까

그때는 둘이서 남겨둔 까치밥 때문이라 치고
이번엔 잃은 짝 찾으러 왔으려나
감나무가 오다가다 만나는 길목인가

누가 먼저이면 어떠랴
소식 한 줄 가지에 묶고 가렴
어디선가 살아있음을 알리리

봉숭아 꽃씨를 심으며

이사 오며 갖고 온 봉숭아 씨
아파트 정원 한쪽에
흩뿌려 심은 것이 싹이 났다 생명 났다
떡잎도 떼지 못한 한 뼘 어린 것들
단지 내 잡역부가 제초기로 쓸어 버렸다

난세에 살아남은 목숨처럼
제붙이 대물림이 뭐길래
비벼대며 흔들며 붉은 꽃 피우고
톡톡 씨주머니 내준 힘 놀랍다

복중伏中에는 손톱에 고운 물드는
오랜 전설 속의 어매들
몰래 꽃과 잎 모질게 뜯어 갔다
조선 여인의 단아한 멋 내기를
누가 말린다고

가랑비 촉촉한 날

씨를 심으며

올해는 또 어떤 수난사受難史를 쓰게 될까

까치소리

사람이 그럽고
정이 그리운 사람들

좋은 예감 안고
문 열어 놓으시네

먼 산 아지랑이
논틀 밭틀 휘움길 돌아

살랑이는 명주 비단
옷깃 스치며

오시는 그대는
반가운 귀인이시라

여름은 열음

열린 마당
울어머니
신목神木으로 받들던 매화나무
많은 열매 흐드러지게 키운다

터알 옥니 박은 옥수수 울타리
고른 잇속처럼 영글어 다산왕 꿈꾸고
태엽 감아 오른 여주 박색 아랑곳 않는 자존심
다리 저는 아저씨 걸음걸음 박아놓은 논두렁 밤콩이며
길모퉁이 까마중이 머루처럼 매달렸네
비탈진 야산 망개며 꿩이밥하며

울안에 울밖에
헤아려 볼수록 헤일 수 없는
뙤약볕 아래 풋내기 함성
치열한 열매들의 살기다툼
여름은
열음에서 오는 것이리

모기

너였구나,
잽싸게 손바닥 내리쳤다
붉은 피가 툭 터진다
어지간히 뜯어 먹었군

앵~ 앵~
열대야 귓전에 맴돌며
무엇 정찰하고 공격했나 했더니

피 한 톨이 귀한 우리 아기
제 새끼 낳을 구실로
파렴치한 흡혈극 벌였구나

장마 · 5

장맛비가 잠시 걷힌 말미
느릅나무 등걸 은화초

그 사이 피어난
가냘픈 맵시
우산 쓰고 서성인다

낯가리고 고개 못 든 채
누군가와 이별하고
웃비 마음 졸이는 여인처럼

하늘의 진노가 먹구름 찢을 때
온 우주가 무너지는
한 순간의 목숨

쏟아지는 작달비에
고꾸라지는 반나절 생
순례자의 조용한 겸손

장마 · 7

– 우문

모자람 없을 만큼만
고마운 만큼만 갖고 사는 마을
아무도 몰랐던 구멍 하나가
뚝을 무너뜨리고 터진 흙탕
순식간에 마을을 통째로 휩쓸었다

아비규환
여보—… 아빠—…
현관現官이던 아비는 초를 다투는
절박함 속에서 아들을 먼저 붙잡아 살아났다
그 순간
선차先次의 고뇌와 갈등 없었을까
관직 버리고 숨어 버린 까닭은?
던져 보는 우문愚問

장마 · 8

- 봉화아재

물꼬보기 나간 착한 아재가
벼락을 맞았다네
갈고랑이 손이 챙겨야 할 식솔의 한해살이
장대비 헤집고 뛰어나간 것이 뭔 잘못이냐고
누구랄 것 없이 말리지 그랬냐고
어디랄 것 없이 발칵 뒤집혔다

주룩주룩 떨어지는 기스락 물
출출한 입맛이나 다시던
철없는 궁상 빗소리 아픈데
봉화산 먹구름 저리도 으르릉대니
또 얼마나 세상을 놀라게 하려는지

장마 · 9

– 풍경

우산 속에 셋이 뛰어들어
한 데 뭉치니
여섯 발 달린 괴물이 걸어간다

머리만 들이면
엉덩이 쯤 젖어도
괜찮다

소나기 그치자 햇빛이 쨍
손갓 이마에 붙이고
고맙습니다―

빗줄기 한바탕
어우러진 마음끼리
작은 풍경 하나

가을 수채화

잔치 후
신랑 신부 신행길
버선발 사뿐히 올라서는 쪽마루
분냄새 포르르 양 볼에 연지꽃

보랏빛 연연한 박하나무 울
터알 영그는 깻순
수채화 한 폭 들이는
늠름하고 잘 생긴 신랑

울밖에 훔쳐보는 샘바리들
휘둥글 두 눈에 불을 켜
앞마당 뜨겁다

분주한 정지 문턱 백 년 손맞이
다음 근행 때 살진 가을
옥동이 이바지 꼭 안겨주렴

까치마을 둥구나무 길 환하겠다

우체통

휴대폰에 손 잡힌 세상
신도시 대로변에 서 있는
헛헛한 우체통
누가 느린 편지에 한 삶 담겠나
지나가는 비둘기가 웃는다

금요일 부치면 주말 끼어 늦어지고
연휴가 겹치면 그만큼 더 늦어지며
한 해 한 통도 없으면 자동 철거된다는
스티커가 옆구리에 붙어 있다

눈이 펑펑 쏟아지던 대설大雪날
연하엽서 한 잎 우체통에 넣었다
일 년 내내 묵혔던 소식 용서받고
손 글씨 마음 가니 마주한 듯 반가우리

느림의 깊은 뜻

한 잎 속에 보이는 얼굴

감동하고 싶은 가슴들마다

서성이며 기다리는 외로운 우체통

폭설

발끝에 걸버시처럼
조아리며 따라오는 장애 비둘기
절름발이 삶을 줍던 그의 뜨락은
백 년만의 폭설로 폭삭 무너졌다

한 해의 마지막은
누구라도 선해지는 마음
팔 백 원짜리 새우깡
두어 줌 모이만큼 소복이 놓아준다

허발나게 주워먹고 숨 고르고
깃털 세워 털고 눈발 차고
오늘 고생 끝…
어디론가 날아간다

불안전한 삶도 제 몫
자연의 몸짓으로 보여주는

폭주하는 우체국 앞

손바닥 같은 눈송이에 한 해를 담아

보내는 마음들이 도란도란

은륜의 꿈

레스포 자전거 간판 앞에
쉼 없이 페달 밟는 세일즈 맨 있다
황사 바람 벚꽃 날리며
햇빛 굽는 구릿빛 사나이*

계절 없는 에너지 홍수
품위 자랑하는 차의 물결
무중력으로 붕 떠
친환경 푸른 뚝방 은륜의 꿈 세일한다

바람 불면 휘파람 비 오면 도롱이
V자 보내주면 미소로 화답하는
용현사거리 명물 전자 사나이

꿈은 이루어진다
감동 아이디어시대
지구를 돌리는 은륜의 꿈

*2.5미터쯤 공중에 실물자전거에 탄 남자인형이 전력電力
으로 페달 돌리는 형상. 판촉 아이디어

최전엽 詩의 사향의식思鄕意識 형상화 미학美學
— 제3시집《자작나무 숲》평설評說

石蘭史 이 수 화

시인 · 문학평론가 · 한국문협, 국제펜 한국본부 원임부이사장

1

이번 최전엽 제3시집《자작나무 숲》(2014. 10. 도서출판 지구문학 간행)에는 사향思鄕 의식意識의 시 61편이 그 텍스트성性 평균율의 위상을 과시하면서 1부 〈징검다리〉, 2부 〈외로워서 울었다〉, 3부 〈향기 나는 집〉, 4부〈봄을 기다리며〉와 같은 부별로 편집되어 있다.

퍼서날 해적이에 보이듯 여중 3학년 때부터 싹튼 문학의 천재성은 이제 데뷔 10년을 돌파하면서 벌써 첫시집《멀리 보이는 숲이 아름답다》와 제2시집《順天命으로 살지라》에 이은 제3시집을 상재한다. 중견의 문턱을 마악 넘어서는 신예新銳(Up and Coming) 시인으로서는 그 질과 양 두루 새롭고 날카로운 시적 자세(stance)가 빛을 발하는 캐리어가 아

닐 수 없는 것이다.

　이 시집 《자작나무 숲》에는 시집 메타 텍스트 〈자작나무
숲〉이 타이틀 롤의 시로서 최전엽 시詩의 이 시집 총체적 성
격인 사향의식思鄕意識(고향을 생각하는 마음)을 서정적으로
형상화한 텍스트 군群의 대표작임을 주목하지 않을 수 없다.

　　자작나무 숲길에 해골이 앉아있네
　　나무의자에 다리를 꼬고 희죽 웃네
　　어딘가 본 듯한 구석

　　남말 마서
　　자네도 해골이야
　　지르보는 눈살 꽂히네

　　맞네
　　자작나무 숲길에서
　　문제 하나 풀었네

　　백야白夜처럼 오솔한 저녁
　　붕대 감은 자작나무
　　목발 짚고 걸어오네

　　　　　　　　　 － 〈자작나무 숲〉 전문

　예시例詩의 메타 텍스트 '자작나무'는 고원지대 볕이 잘

드는 곳에 자생하는 낙엽 교목으로 높이가 평균 20m나 되는 늘씬한 키의 매우 낭만적인 느낌을 주는 나무다. 방풍으로 쓰러지는 걸 막기 위해 삼각대 모양의 지주대(버팀목)를 세우기도 한다.

예시의 화자는 그 자작나무 숲길 나무 벤치에 앉아 쉬는 어느 수척한(노쇠한) 할머니가 화자를 보고 '자네도 해골 같기는 나와 마찬가지로 늙었다'는 듯 희죽 웃는 모습을 목도한다. 그리하여 화자가 느낀 것은 제3연에 보이는 인생, 삶의 생로병사生老病死 그 누구도 피해 갈 수 없는 진리, 그 문제를 절감했다는 것이다. 그리고 그 백야白夜처럼 오솔한(으스스한) 저녁 어스름 속의 훤칠한 자작나무가 오히려 붕대를 감은(버팀목을 세운 형상) 채 목발을 짚고 걸어오는 듯한 연민에 휩싸였다는 것이다.

이와 같은 인간의 애처로운 삶에 대한 일원론적 깨달음은 시인 최전엽이 지닌 시정신의 삶과 죽음이 한 길이라는 불이사상不二思想에 다름 아니다. 사람이 한 생애를 사는 데 애면글면 삶과 죽음을 갈라놓고 오도방정에 달떠 산다면 그것은 생로병사를 다 초탈한 듯이 굳은 신념의 평상심 또는 신앙의 군센 의지로 삶을 산다고 할 수 없다. 저 생사일원론, 불이사상, 금강석 같은 굳은 종교적 신앙심이야말로 최전엽 시의 포에지(시정신詩精神), 특히 예시 〈자작나무 숲〉에 형상화하고 있는 휴머니즘 사상의 실천이 아닌가 한다.

더구나 최전엽 시는 사상思想과 감정感情을 통합한 감수성으로 시를 써야 한다는 현대시(모더니즘/ 주지주의主知主義)

창작의 비결을 주창한 엘리어트식 시창작 메소드(방법론方法論)에 입각해서 현실에서의 체험사실을 형상화하는 데 특히 절묘한 미학을 성취하고 있다 하겠다.

이와 같은 최전엽의 시정신은 인간의 육친애를 기반으로 한 휴머니티(인간애)로부터 싹터 있기 때문에 그가 낳고 자란 고향과 혈연들과의 사랑의 정신은 곧 그의 예술(시)이 되고 삶의 길로 확장되어 아름다운 미학으로 결실되고 있는 것이다.

이제 그 세부를 검색, 음미하는 것으로써 척박하게나마 최전엽 시의 사향의식思鄕意識 형상화 미학美學의 알파와 오메가, 그 응축과 변환이 빚어내는 아름다움의 언어 세계를 세세히 들여다보고자 한다.

2

최전엽 시의 사향의식은 이 시집 수록 시 61편에 고루 편재한다. 총 4부로 편성한 이 텍스트 군群은 제1부 '징검다리'에 〈한 달〉, 〈내 잘못〉 등 13편, 제2부 '외로워서 울었다'에 〈성묘길〉, 〈국민 아버지 · 2〉, 제3부 '향기 나는 집'에 〈일기쓰기〉, 〈자작나무 숲〉, 제4부 '봄을 기다리며'에 〈어치〉, 〈우체통〉이 자리해 있다.

거듭 말해 사상思想(시정신)과 감정을 균형감 있게 융합(퓨전화)하는 솜씨가 남다른 언어의 수사학 기법을 잘 통어함으로써 최전엽 리리시즘(서정적 태도) 시는 관념을 늘어놓지도 않고, 감상에 젖어 눈물을 앞세우지도 않는 진정성의 고졸한 정서를 직접 꽃향기처럼 코 속에 지펴 넣어주듯 형상화해 보여준다.

  즐겁고 기뻐도 음탕하지 않게(낙이불음樂而不淫), 슬퍼도 마음 상해 버리지 않게(애이불상哀而不傷) 하는 최전엽 사향의식 형상화 시는 시 그 자체로 사실은 나의 평설 글 같은 췌사贅辭가 필요치 않은 아름다운 미학을 실현하고 있다 하겠다. 가령,

　　보훈처에서 매달 보내주는
　　국가유공자 연금 찾으러 우체국에 갑니다

　　해양경찰청 앞을 지날 때
　　젊은 직원인 듯 내 앞을 걸어갑니다

　　가로수 녹음을 밟으며
　　구김 하나 없는 하늘색 윗옷 검은 바지

　　훤칠한 키
　　선비의 휘필揮筆처럼 반듯한 걸음걸이

　　뒤태를 따라가다
　　언뜻 나를 내려놓고 타임머신 탑니다

　　젊음이 반짝이는 저 모습

지금 내 곁에 아파 누운 사람의 것이었습니다

– 〈마음〉 전문

참으로 낙이불음樂而不淫하고 애이불상哀而不傷하는 성인정
신聖人精神의 실천이 아니고 무엇이겠는가. 추호도 마음 한
자락 감춤이 없고, 슬퍼도 맨땅에 주저앉음이 없이 그것도
긴 와병중의 배우자를, 그와의 아름다웠던 옛날을 회억할
수 있다는 것은, 아니 그와 같은 낙이불음 애이불상의 정신
(사상思想)을 저토록 평이한 문체, 응축된 미학으로 표상해
놓을 수 있음에는 최전엽 시만의 비책秘策이 숨어 있기 때문
일 터이다. 그 비책, 즉 사고思考와 감정의 퓨전화 감성이란
아무나 추스릴 수 없는 일종의 예술 행위의 기반으로서의
마음자리이다.

앞서 논급한 두 편의 인물시는 우리 누구나의 고향에 존
재하는 사람들이므로 실은 남남이지만 육친처럼 사향思鄕
의식을 일깨워주는 시적 대상이다. 그래서 고향이란 생사를
초월해 자아와 함께 사는 영육합일의 촉매제라는 것이기도
하다. 특히 아름다운 인성人性을 느끼게 하는 고향 사람들처
럼 우리를 깊이 감복케 하는 것은 없지 않는가.

다음 예시군例詩群을 보자. 참고로 행두 넘버 ① ② ③은 평
설자용이다.

① 첫 닭 울 때부터 달맞이꽃 필 때까지
   벌레소리 밤새우며

화롯불 인두판에 삯바느질
속울음 재우며 외던 어머니

넓고 넓은 바닷가에 오막살이 집 한 채~

우리 어머니
글 배운 적 없는데
더구나 서른다섯 홀어미 되어
외국 민요라니

나라 잃은 설움 달래던 시절
가슴마다 저미는 아픔 흘러와
눈물로 바늘 땀 뜰 때마다
붉은 눈 적시던 어머니 애창가요

성장통 끙끙 뒤척이던 가을밤
가냘픈 오라기처럼 떨리는 등잔불
훗 끄고 꼬옥 껴안아주시며

내 사랑아 내 사랑아 나의 사랑 클레멘타인~

② 시오리 오일장
   해 그림자 기울면 파장마당 오슬하다
   장에 간 아버지 돌아오시며
   낯선 꾸러미 하나

선반 위에 올려 놓는다

닷새를 기다려 다음 장날
단단히 묶은 뗏국 꾸러미
가만히 안고 가시더니
느지막이 도로 갖고 오신다

가끔 힐끗 확인하듯 올려보곤
그 다음 장날 또 갖고 나가신다
선근 눈 손돌이 바람
눈깨비 털며 일찌감치 돌아오신 아버지

"술김에 잃었다는 송아지 판 돈
오늘에야 겨우 주인 찾아주고 왔다"

③ 내를 건너
철로 건널목을 지나 언덕을 오르면
키 작은 조선소나무가 에워싼 산 끝자락
할아버지 낮은 기침소리 들린다

철둑 자갈밭
눈길 그리운 수줍은 메꽃
벌초라도 거들겠다는 듯
낫을 든 사마귀가 고개 숙여 인사한다

할아버지 명당에 또 한 해를 누이고
달리는 기차소리 천둥처럼 흔들려
수없이 쓰러졌던 메꽃이
오래 서서 가을을 배웅한다

지킴이 없는 건널목
유명幽明이 갈리는 길목에서
낫을 든 사마귀가 무서워
하얀 눈썹 달
쫓기듯 내를 건너갔다

　예시例詩들 ①은 〈어머니 노래〉, ②는 〈국민 아버지·2〉,
③은 〈성묘길〉이다. 이들 예시의 병치 예시例示는 최전엽 사
향시편思鄕詩篇의 다양한 제재성향을 한눈에 포괄해 보자는
뜻에서이다. 세 편 모두 인륜애의 가뭇한 우리 전통 정서를
노래하고 있는 리리시즘 시편들이다.
　①의 고향 바닷가 삶의 모녀 사랑에 담은 사향의식이 애
잔한 서정시라면, ②는 정녕 그 메타 텍스트처럼 국민을 대
표하는 아버지 상像을 표상해 주는 서정시일 터이다. ②의
시 속 아버지가 많으면 많을수록 우리의 감동적인 삶은 깊
고 넓게 확산될 게고 그만큼 우리 사회는 밝게 뻗어나갈 것
이다. ③은 화자의 할아버지 유택 성묘길을 제재로 노래하
고 있는 바, 사마귀를 두려움의 상징으로 은유한 솜씨가 탁
월하다.

특히 후말 두 행의 "하얀 눈썹 달/ 쫓기듯 내를 건너갔다"는 시간 응축의 디졸브 표상 이미저리는 최전엽 모더니즘 시(이미지즘 시)의 정점을 수립하고 있다. 매우 세련된 아름다움을 내보이는데 극한 미학주의 솜씨라 상찬할 만한 표현력일 터이겠다.

이처럼 최전엽 사향의식 형상화 미학은 고향이 낳은 인물과 그 세계에 대한 미적 차원으로서의 시인의 체험 사실이므로 이의 형상화는 독자의 깊은 감동을 자아내기에 알맞은 제재이기도 한 것이다. 이적 차원이란 자연(인물도 환경도)을 그 본원으로 하고 있기 때문이다. 자연은 물처럼 우리 인간의 선善, 즉 미美(아름다움)의 본원이기도 해서이다.

최전엽 사향시의 이와 같은 미학 형상화는 그 제재의 폭과 표현(render)의 다각적 포즈에서도 열린 시점의 어포던스(시각 태도)를 활착해 보여 독자의 심금에 거리감을 무화시키는 데도 유익하다. 가령,

> 휴대폰에 손 잡힌 세상
> 신도시 대로변에 서 있는
> 헛헛한 우체통
> 누가 느린 편지에 한 삶 담겠나
> 지나가는 비둘기가 웃는다
>
> 금요일 부치면 주말 끼어 늦어지고
> 연휴가 겹치면 그만큼 더 늦어지며

한 해 한 통도 없으면 자동 철거된다는
스티커가 옆구리에 붙어 있다

눈이 펑펑 쏟아지던 대설大雪날
연하엽서 한 잎 우체통에 넣었다
일 년 내내 묵혔던 소식 용서받고
손 글씨 마음 가니 마주한 듯 반가우리

느림의 깊은 뜻
한 잎 속에 보이는 얼굴
감동하고 싶은 가슴들마다
서성이며 기다리는 외로운 우체통

- 〈우체통〉 전문

―에 보이듯 고향을 멀리 떠나온 사람에게 우체통은 헛헛한
사람의 절실한 유의적喩義的 존재이다. 휴대폰, 인터넷 등등
현대 IT시대에 우체통은 실제로 변두리 존재, 탈향민의 애
틋한 사향심思鄕心과 동일시 되기도 한다. 이는 저 우주 속 이
미 소멸한 별이 그 빛의 현현顯現으로만 우리 눈에 존재의 허
상을 알리는 것을 우리는 그것이 소멸한 별의 실체인 양 인
식하듯 예시의 '우체통' 처럼 실은 우리 삶이란 그런 착각
속에 사는 것이다. 때문에 최전엽의 예시 〈우체통〉이 말해
주고 있는 대설날 연하엽서 한 잎이라도 우체통에 넣는, 삶
의 진정성을 채워 넣는 저러한 사향의식의 일깨움 시는 귀

할 수밖에 없다.

특히 존재의 현현 아닌 그 존재론적 실체에 접근해 세계를 분명하게 인식할 수 있는 길은 예술 중에서도 으뜸인 인문학의 꽃인 시 예술에서 우리가 아름다운 지혜와 경험을 터득하게 되므로 최전엽 시와 같은 우리의 근원정서(희로애락애오욕喜怒哀樂愛惡慾) 어느 것에서도 놓여날 수 있는 인문예술에 그 감동하는 경의를 표하게 된다. 이제 이쯤에서 최전엽 사향시 형상화가 아니면 가뭇없이 사라져 갈지도 모를 고향 사람들, 그 미더운 승리 축원의 손길이 얼마나 애틋한지를 시 〈손 흔든 사람들〉 감상으로 척박하게나마 평설 글의 피날레 삼아 집중해 보고자 한다.

> 기적 울리며 죽두봉을 돌아서
> 서울행 완행열차 지나간다
>
> 줄모 따라 모내는 사람들
> 일손 멈추고 손 흔든다
> 떠나는 사람 모른다 하지 않고
> 누구라도 띠앗이며 벗이라
>
> 또 다른 삶을 위해
> 키워준 땅에 부끄럽지 않은
> 사람 되어 오라고
>
> 멀리 용당산 뒤로 사라질 때까지

고향땅 바닥나기 이랑져 흔드는
승리의 손

– 〈손 흔든 사람들〉 전문

탈향脫鄕하는 서울행 완행열차 승객들이 죽두봉을 돌아선 중기 기차가 멀리 용당산 뒤로 사라질 때까지 고향 사람들의 '잘 가라'고 손짓하는 손길에는 이별의 비애悲哀 못지 않은 '승리의 손길'도 함께 한다.

애스터리스크(asterisk)에 표기돼 있듯 한때 탈향의 도시이던 순천은 우리의 아름다운 남방정서 어느 곳인들 다르랴만은, 이 고장은 특히나 역사적(여순사건) 사연으로 인한 사후事後 탈향민도 적잖아서 예시와 같은 시적 공간은 사실 눈물바다를 이루기 십상이었다. 그러나 그 아픔을 딛고 타향살이 굳건한 삶의 승리를 빌어주던 손길은 너무도 애틋한 것이었으리라.

이와 같은 진정성 넘친 사향의식思鄕意識을 홈씨크 따위 센티멘트에 빠짐없이 예시처럼 담채의 한 폭 그윽한 필치로 기차연기 풍풍풍 돋아나는 전원 서경으로 묘파해 놓은 최전엽 시의 서술시敍述詩(narrative poem) 미학기법 또한 절창絶唱에 값한다 하지 않을 수 없다.

이 훌륭한 제3시집 상재에 척박하나마 평설 글과 더불어 감축하는 마음의 박수를 독자 제현과 함께하는 바이다.

2014. 10. 서울 삼개나루 수당헌樹堂軒에서

최전엽 시집

자작나무 숲

·

지은이 / 최전엽
펴낸이 / 김정희
펴낸곳 / 지구문학

110-122, 서울시 종로구 종로17길 12, 215호(뉴파고다 빌딩)
전화 / (02)764-9679
팩스 / (02)764-7082

등록 / 제1-A2301호(1998. 3. 19)

초판발행일 / 2014년 10월 25일

ⓒ 2014 최전엽 Printed in KOREA

값 8,000원

E-mail/jigumunhak@hanmail.net

ISBN 978-89-89240-57-0 03810